문학과지성 시인선 514

방부제가 썩는 나라

최승호 시집

문학과지성사

문학과지성사에서 펴낸 최승호의 시집

고슴도치의 마을(1985, 개정판 1994)
아무것도 아니면서 모든 것인 나(2018, 시인선 R)

문학과지성 시인선 514
방부제가 썩는 나라

초판 1쇄 발행 2018년 7월 20일
초판 5쇄 발행 2023년 7월 6일

지 은 이 최승호
펴 낸 이 이광호
편   집 조은혜 최지인 이민희 박선우
펴 낸 곳 ㈜**문학과지성사**
등록번호 제1993 - 000098호
주   소 04034 서울 마포구 잔다리로7길 18(서교동 377-20)
전   화 02)338 - 7224
팩   스 02)323 - 4180(편집) 02)338 - 7221(영업)
전자우편 moonji@moonji.com
홈페이지 www.moonji.com

ISBN 978 - 89 - 320 - 3448 - 5 03810

이 도서의 국립중앙도서관 출판예정도서목록(CIP)은 서지정보유통지원시스템 홈페이지
(http://seoji.nl.go.kr)와 국가자료공동목록시스템(http://www.nl.go.kr/kolisnet)에서
이용하실 수 있습니다. (CIP제어번호: CIP2018022064)

문학과지성 시인선 514

방부제가 썩는 나라

최승호

시인의 말

시가 시시한 시대일수록
시시하지 않은 시를 써야 한다.

2018년 여름 서울에서
최승호

방부제가 썩는 나라

차례

시인의 말

I

대파

누워 있는 대파는 대파될 것이다
대파되지 않는 것은 오직 그것뿐이다

얼어 죽을 무소유

추운 지방에 무소유란 없다
얼어 죽을 무소유
눈보라 속으로 걸어가는
나체 수행자는 없다
열대의 나체
수행자야말로
무소유
육신도 그의 소유는 아니다
눈부신 대낮에
나체
수행자가 걸어간다
추운 지방에 무소유란 없다
얼어 죽을 무소유

죽어봤자 고깃덩어리

삼겹살집으로 멧돼지가 돌진했다
대담한 놈이다
절망한 놈이다
더 이상 잃을 게 없는 놈이다
잃어봤자
삼겹살 정도?

삼겹살 인생에
오겹살 후회
돼지족발 같은 희망들

삼겹살집으로 멧돼지가 돌진했다
저돌적이다
절망적이다
죽어봤자
고깃덩어리?

내 죽음에 바코드를 붙이지 마라

수다스러운 영산포 아줌마는
항아리에서 홍어를 꺼내더니
홍어에 붙어 있는 바코드를 보여준다
칠레산 홍어들과 다르게
흑산도 홍어에는 반드시
바코드가 달려 있다는 것이다

바코드를 귀걸이처럼 매달고
홍어가 웃는다

만만한 게 홍어 거시기냐
내 죽음에 바코드를 붙이지 마라

국가가 유령을 책임져야 한다

국가는 유령을 책임지지 않는다

한생을 고문하며
철밥통의 밥을 먹은 고문 기술자
누구를 고문했는지
기억이 안 난다고 말한다
스스로 치매라나

이제 치매는 국가책임제가 되었다
국가가 치매를 책임진다
국가가 고문도 책임진다
영안실의 하얀 유령이
잠들지 못하는 백야

국가가 유령을 책임져야 한다

방부제가 썩는 나라

모든 게 다 썩어도
뻔뻔한 얼굴은 썩지 않는다

파리채

파리의 생각은
온통 부패뿐이다
내 생각도 온통 부패뿐이다

구더기의 꿈은
파리가 되는 것
다른 희망은 없다

파리의 생각은
온통 부패뿐이다
내 생각도 온통 부패뿐이다

얼마나 힘껏 파리를 내리쳤는지
파리채가 부러졌다

큰빗이끼벌레는 그놈의 아바타다

냄새나는 그 물컹물컹한 덩어리를
나는 청평호에서 본 적이 있다
어떤 사람은 그 덩어리들이 불어나면서
대청호가 거대한 시궁창으로 변하는 것을
악취 속에서 지켜봤다고 한다

이 괴물체는
(누구라고 밝히지 않겠으나)
부패한 누군가가 우리에게 안겨준 것이다
중음의 냄새나는 중음신들처럼
참을 수 없는 악취를 풍기고 있는 괴물

도처에서 점점 불어나는 이 물컹한 괴물들과
둥둥 떠다니는 괴물들의 사체를
어떻게 해야 하는 것인지
부패한 그놈은 오늘도 흐물흐물 웃고 있다

대운하

건설업자에게
산이란 모델하우스 같은 것

대운하의 물길을 따라서
산들이 떠내려간다

화물선을 댐 위로 들어 올리는 일은
누워서 떡 먹기
골리앗크레인은 백두산도 들어 올린다

건설업자에게 강바닥은
금광 같은 것

로봇물고기는 녹조라떼를 마시는데
죽은 물고기는 모래톱에 빨래를 넌다

악마의 배설물

볼리비아 원주민 마을에서
프란치스코 교황님이 말씀하셨습니다
돈은 악마의 배설물이다

아시시 마을의 프란치스코 성인도
그 말씀을 자주 하셨습니다
돈은 악마의 배설물이다

로마의 바실리우스 주교님도
이미 4세기에 그 말씀을 하셨습니다
돈은 악마의 배설물이다

오대양 육대주로 넘쳐흐르는
악마의 배설물 속에서
똥이나 먹자 똥이나 먹자
똥풍뎅이들이
황금구더기 우글거리는 똥바다에
머리를 처박습니다

변기트럭

배설물 때문에 망하는 나라는 없다
변기트럭이 희망트럭이다

먹는 일밖에 일이 없는 일요일

배달의 민족 오토바이가
매연을 내뿜고 매연을 가르면서
마왕족발을 배달하기 위해 달려간다

배달의 민족 오토바이가
매연을 내뿜고 매연을 가르면서
장수왕족발을 배달하기 위해 달려간다

배달의 민족 오토바이가
매연을 내뿜고 매연을 가르면서
고려왕족발을 배달하기 위해 달려간다

배달의 민족 오토바이가
매연을 내뿜고 매연을 가르면서
족발킹왕족발을 배달하기 위해 달려간다

개들이 살도 없는 족발 뼈다귀를
늑대 이빨로 밤새도록 물어뜯는다

멍 때리기 대회

멍 때리기 대회가
2014년
서울광장에서 처음 열렸다

나는 참가하지 않았지만
뇌에 수북한 생각들을 거북털처럼 쏟아놓고
멍게나 해삼처럼 단순해진 뇌를
멍하게
멍청하게
광장에 내버려두는 것도
괜찮은 아이디어라고 생각했다

그렇지만 멍하니 멍청하게 산다는 것은
멍게와 해삼에게나 가능한 일

멍
멍청해지려고
우리는 무척이나 애를 쓴다

백수는 과로사한다

죄의식은
죄
에 혹사당하고

성기는
성
에 혹사당하고

재벌은
돈
에 혹사당한다

항문은
똥
에 혹사당하고

시체는
장례
에 혹사당하고

구도자는
도
에 혹사당한다

애국자는
국
에 혹사당하고

백수는 과로사한다

불로장생법

스포츠 신문에
불로장생법을 연재하시던 분이
갑자기 돌아가셨다

죽음이란 연재가 중단되는 것

부채로
얼굴을 가린 신선이 웃는다
팔백 살에 죽어도 요절이다

커튼콜

죽었던 왕이 다시 살아나
인사를 한다

우리도 죽은 뒤에
커튼콜을 받자

박수갈채를 받자

아름다운 인생을 살았다고
인사를 하자

두 개의 혀

쿠마라지바는 죽을 때
육신은 다 불타도
나의 혀는 불타지 않을 거라고 했다

불타지 않는
불멸의 혀
죽어서도 불멸을 말하는 혀

공범자는 죽을 때
말을 삼킨 채 죽는다

혀를 내밀고
죽는 개구리처럼

굴비가 강연을 한다

비굴한 놈
그렇게까지 비굴하게 굴더니
굴비가 된 놈
아직도 입이 살아 있는 놈
강연까지 하고 다니는

우리는 쥐뿔들에게 상처받는다

쥐뿔은 아무것도 아닌 것
그러나 우리는 쥐뿔들에게 상처받는다

개뿔도 아무것도 아닌 것
그러나 우리는 개뿔들에게 상처받고 피를 흘린다

쥐뿔모자를 써도 아무것도 아닌 것들
개뿔모자를 써도 아무것도 아닌 것들

정말 아무것도 아닌 것들에 상처받고
피 흘리다 보면 어느덧 노인

노인은 지하철을
공짜로 탄다

복수심이 강한 노새

온몸이 이빨뿐인 옥수수를
물어뜯을 때
이빨이 약간 흔들리는 느낌이었다

그래도 옥수수는 큰 상처를 받았으리라

월식

지구는 얼마나 절망적인가
달까지 캄캄해졌다

미친 토끼들이 도끼를 들고
계수나무를 찍어댄다

나도 절망의 미친 공범자다

머리 잘린 개구리

미치고
팔짝 뛰겠다

머리 잘린 개구리들이
길 없이 뛰어간다

가는 곳마다 절벽이다

미치고
팔짝 뛰겠다

절벽이 뛰어간다
절벽들이 절벽으로 뛰어간다

스테이크 위의 정육점

부슬부슬 비 온다
정육점 앞 붉은 고무 대야에
선지가 가득하다
시궁쥐 한 마리
선지를 핥는다
박쥐여인들이 눈 화장을 하는 저녁 여섯 시
고깃덩어리는 붉은빛이다
시궁쥐는 여전히
고무 대야 한끝에서
선지를 핥는다
부슬부슬 비 온다
거대한 스테이크 위에서
정육점들이 붉게 피를 흘리고 있다

나와 나타샤와 당나귀 식당

당나귀 요리 전문 식당이 문을 열었다는데
백석의 「나와 나타샤와 흰 당나귀」가 생각나는데
당나귀스테이크를 먹어야 하는 것인지

백석의 「나와 나타샤와 흰 당나귀」가 생각나는데
먹기 위해 살아야 하는 것인지
살기 위해 먹어야 하는 것인지
아니면 먹기 위해 먹어야 하는 것인지

백석의 「나와 나타샤와 흰 당나귀」가 생각나는데
여물통의 지푸라기를 씹으며
당나귀 농장의 당나귀들이 머리를 숙이고 있는데
복제 당나귀들인지 그놈이 그놈 같은데

백석의 「나와 나타샤와 흰 당나귀」가 생각나는데
수백 명의 복제 나타샤가 처녀자리에 앉아 있는데
수백 명의 백석과 수백 명의 나타샤를 초대해서
슈퍼 당나귀스테이크를 먹어야 하는 것인지

외눈박이 동물원

외눈박이 염소가 태어났으니
다음에는 외눈박이 호랑이가 태어날 거다
그다음에는 외눈박이 원숭이
그다음에는 외눈박이 코뿔소
그다음에는 외눈박이 기린
그다음에는
외눈박이 비단뱀이 허리 숙여 인사하는
외눈박이 동물원으로
눈알이 두 개 달린 외계인들이
구경을 올 거다

캥거루에게 두들겨 맞아 턱뼈가 부러진
캥거루 사냥꾼에게 보내는 편지

살려준 은혜를 생각해서
다시는
비열한 총을
들이대지 말기 바랍니다

─ 캥거루 올림

모든 낚시는 사기다

그는 낚시 가방을 저수지에 던져버리고
사막으로 간다
사막의 낚시꾼은 갈증 속에서
자기를 만나려고 사막을 돌아다닌다

모든 낚시는 사기다

백만 명이 우글거리는 화천 산천어 축제를 위해
트럭의 산천어들이 얼음 구멍으로 쏟아진다
이 추운 겨울에 살아남으려면
산천어들은 주둥이 없는 산천어가 되어야 한다

모든 낚시는 사기다

야산에 그물을 던지듯이
보이스피싱 전화가 걸려온다
귀 어두운 노파는
김치냉장고에 돈뭉치를 넣어둔다

내 몸에서 내가 모르는 일들이 일어난다

몽정을 하고
당황하는
열한 살 로봇처럼

기억이 나지 않아
당황하는
여든 살 로봇처럼

자기가 누군지도 모르는 채
한눈을 팔면서
고철 무덤으로 걸어가는 로봇처럼

괌 과일박쥐 튀김 요리

먹고 번식하라
종족을 번식시키며 먹어라
그것밖에 너희들은 존재할 이유가 없다

프라이팬에서 퍼덕거리는 괌 과일박쥐
껍질을 벗긴 괌 과일박쥐
내장을 빼낸 괌 과일박쥐
머리를 떼낸 괌 과일박쥐
바삭바삭 뼈까지 구워지는 괌 과일박쥐

먹고 번식하라
종족을 번식시키며 먹어라
그것밖에 너희들은 존재할 이유가 없다

복부 비만

마젤란펭귄은 마젤란해협에서
오징어를 잡아먹다 늙는다

펭귄 영감이
저울 위에
배가 자꾸 나오는 몸뚱이를 올려놓고
고개를 숙인다

발이 쭈글쭈글 늙었다

마젤란펭귄은 마젤란해협에서
오징어를 잡아먹다 죽는다

마젤란은 그 뻔한 생이 싫어
한 바퀴 지구를 돌아보고 죽은 거다

절망은 제 얼굴을 안 보려고 술에 머리를
처박는다

고개를 들면
거울이 따귀 때리는 아침

재벌 4세는 모르리라

광산촌 사북의
슬레이트 사택들처럼
달동네 판잣집들처럼
다닥다닥 다닥다닥
파도가 때려도 다닥다닥
물거품에 휩쓸려도 다닥다닥
죽어서도 다닥다닥
악착같이 다닥다닥

파도 시퍼런 갯바위
따개비 마을에
따개비들이 산다
다닥다닥 다닥다닥

콧방귀

박쥐중
가사 입은 도둑
그런 이름들로 승려들을 비판한 것은
묘향산 서산 대사다
지금 그 정도로 승려들을 비판해서는
중물 빠진 승려들이
콧방귀를 뀌리라
그렇다고
중들을 함부로 비난하지 말지니
남을 헐뜯는 것은
불어오는 바람을 향해 서서
입안에 머금은 피를 내뿜는 것처럼 어리석다고
부처님께서 말씀하셨다

타조털 먼지털이개

나는 먼지다
우주의 한 점 먼지

타조털 먼지털이개를 들고 있는
나는 먼지다
나는 나를 털어낸다

훨훨 털어내는 나와
매달린 나

우주도 한 점 먼지다
타조털 먼지털이개에
온 우주가 매달려 있다

공겁회귀

누구는 공겁으로 회귀해서
공겁의 주인공 자리에 앉아 있는데

땅콩 때문에
비행기가 회항한다

땅콩 때문에
비행기가 땅바닥에 내려앉는다

유리창떠들썩팔랑나비

세상은
유리창떠들썩팔랑나비 한 마리다

우리는 한바탕
떠들썩거리다가
떨어지는 비늘들이다

바람 속으로
유리창떠들썩팔랑나비가 날아간다

나는 밥도둑이다

나는 밥도둑이다
밥을 퍼
먹는다
게 뚜껑을 열어젖히고
간장에 절여진 한 마리의 우주를
게걸스럽게 바닥까지
긁어댄다

개망초꽃

개망신을 당해도
인생은 계속된다

지린내 나는 철둑길을 따라서
개망초꽃들이 피어 있다

II

말죽거리 주유소에 고독이 찾아온다

말죽거리 주유소는 말죽거리에 있다
말죽도 말죽통도
말 대가리도 없는 말죽거리

한밤중 말죽거리 주유소에 고독이 찾아온다
길 잃은 말처럼
눈먼 고독이 찾아오는 것이다

말죽거리 주유소엔 대평원의 하늘이 없다
굵은 별들이 서늘하게 내려오는
지평선이 없다

창밖을 망국의 눈으로 내다보는
고려인의 후예
알바노인이 있을 뿐

큰개자리 별의 개죽음

물론 그는 큰 별이 아니었다
무슨 인연으로 이 별에 왔는지 모르겠으나
그는 이별을 피할 수 없는 생을 살았고
스물네 살에 죽었다

철도 건널목을 건널 때마다
큰개자리 별이 내 발밑에서 뒹구는 것은
검은 디젤기관차 때문이다
얼마나 허망하게 죽었는지
얼마나 허망하게들 죽어가는지
우리는 몸이 흩어진 뒤에 깨닫게 될 것이다

무슨 인연으로 이 별에 오는지 모르겠으나
오늘은 페르세우스 유성우들이
이별이랄 것도 없이 밤하늘에 쏟아진다

큰개자리 별에서 무슨 메아리가 돌아오나

땅거미 지고
어둑어둑
어두워지기 시작한다
어디서 밥 짓는 냄새가 나고
워리 워어리
누가 며칠째 집으로 돌아오지 않는 개를
목이 쉬도록 부른다
워리
워어리
큰개자리 별에서 무슨 메아리가 돌아오나
아무것도 돌아오지 않는다
아무것도 아무것도 돌아오지 않고
아무것도
아무것도 없는데
여름 초저녁
그리운 시냇가 마을로
개밥바라기가 혼자 돌아온다

어두운 죽음의 마을

누가 캄캄한 밤길을
명왕등을 들고 걸어간다
문 닫힌 집집마다
조등이 걸려 있다

검은 옷이 모자란다
장의차도 부족하다
사방에 넘쳐나는 것은 통곡

마을은 언제나 산 사람들의 기쁨보다
죽은 사람의 슬픔으로 무겁다

누가 명왕등을 들고
어두운 저승길을 비춘다

송장헤엄치게의 황금빛 눈알

그놈에 대해 아는 사람이 몇이나 될까
익사체의 흐린 눈앞을 지나가는
송장헤엄치게

그놈이 공포스러운 것은
흙탕물 속에서도 큰 눈을 부라리며
송장을 찾아다니기 때문이다

우리가 방황하는 송장을 건지려고
밤의 저수지에 횃불을 들 때
흐린 물속에서 번뜩이는
황금빛 눈알

그놈이 공포스러운 것은
누워서도 잠들지 않고
누워서도 우리보다 빠르게
송장을 찾아다니기 때문이다

내 눈에 지느러미를 다오

나는 바라는 것 없이 바라보려고 애쓴다
어부들이 긴 칼로
상어 지느러미를 도려낼 때
상어들이 폐기물처럼 바다에 던져질 때

나는 바라는 것 없이 바라보려고 애쓴다
벌목으로 토막 난 통나무들처럼
상어들이 지느러미 없는 지느러미를 꿈틀거릴 때
아무것도 물어뜯지 못하고
바다를 물어뜯을 때

나는 바라는 것 없이 바라보려고 애쓴다
바라는 것이 바로 고통이기 때문이다

나는 바라본다
휘둥그레진 눈으로
아가미를 벌름거리며
무력하게
무력하기 짝이 없게 어둠 속으로 가라앉는

지느러미 없는 상어들을
지느러미 없는 눈으로 바라본다

말 못 하는 것들의 이름으로

지금 서해안에서는 새만금이라는
세계 최대의 관을 짜고 있습니다
그 캄캄한 관 속으로 들어갈 갯지렁이와
아무르불가사리,
갯가재, 가시닻해삼, 달랑게,
범게, 밤게, 서해비단고둥, 동죽,
큰구슬우렁이, 쏙붙이 들이
죽음의 날을 기다리며
아무 말도 못 하고 있습니다

시화 갯벌에서 죽은
흰조개의 입으로 나는 말하겠습니다
새만금은 죽음의 이름입니다
우리 모두가 텅 빈 입을 벌린 채
메마른 뻘 위에서 목마른 주검으로
영원히 울부짖을 것입니다

시화 갯벌에서 죽은
민챙이의 입으로 나는 말하겠습니다

새만금은 부패의 이름입니다
오래도록 썩은 자들이 썩은 호수를 만들고
왕눈물떼새, 흑꼬리도요뿐만 아니라
어민들을 내쫓아
내륙의 보트피플로 만들 것입니다

낙조가 마음바닥을 물들이는 서해에서
부서진 바위의 입으로 나는 말하겠습니다
새만금은 저주스런 이름입니다
나는 파괴되고 있습니다
섬들 또한 파괴되고 있습니다
그러고는 노을 아래
완강한 어리석음이 번쩍거릴 뿐입니다

노랑부리저어새의 긴 입으로
나는 말하겠습니다
시화 갯벌에서는 우리 모두가 무력하게 죽었지만
새만금에서는 우리의 숨결이
거대한 관을 깨뜨릴 것입니다

장엄한 부활처럼

그치지 않는 썰물과 밀물처럼 말입니다

겨울은 시베리아 횡단열차보다 길다

긴 겨울 우리는
황소바람 앞에서 문풍지를 바른다
질화로를 껴안고 고구마를 뒤적인다

식어가는 굴뚝 곁에서 잠자는 굴뚝새
긴 겨울 재강아지는
식은 아궁이에서 재를 털며 나온다

겨울은 시베리아 횡단열차보다 길다

늑골에 냉기를 내뿜는 은산철벽들
빈 골짜기에 휘몰아치는 눈보라

긴 겨울 겨우살이는
겨우겨우 추위를 견디고 있다

봄밤

창호지에 엷은 꽃향기 스며들고
그리움의 푸른 늑대가 산봉우리를 넘어간다
늘 보던 그 달이 지겨운데
오늘은 동산에 분홍색 달이 떴으면
바다두루미가 달을 물고 날아왔으면

할 일 없는 봄밤에
마음은 멀리멀리 천 리 밖 허공을 날고
의지할 데가 없어
다시 마을을 기웃거린다
어느 집 헬쑥한 병자가
육신이 나른한 꽃향기에 취해
아픔도 없이 조용히 죽어가나 보다

아름다운 용모의 귀신들이
우두커니 꽃나무 그늘에 서서
저승에도 못 가는 찬 기운의 한숨을 쉬고
인간 축에도 못 끼는 서러운 낯짝으로
누가 좀 따뜻이 나를 대해줬으면 하고

은근히 기다리는 봄밤

때에 절은 묵은 솜뭉치처럼
짓눌린 혼들을 구겨 담은 채
저승열차가 내 두개골 속으로 지나간다

골초

담뱃갑의 경고 그림을 보고도
아직 담배를 피우는 사람은
생사를 초월한 사람이다

그는 해골 그림이 두렵지 않다
석탄 덩어리 허파도
그저 우스꽝스런 그림일 뿐

그가 정작 두려워하는 것은
담뱃갑이 아닌
담뱃값
담배를 피우려면 사막으로 걸어 나가야 한다

꽁초를 빤다
바람에 재를 떤다

후

폭죽 소리

저물녘 바닷가에서의 폭죽놀이로
하루가 싸구려 인생이 된다

폭죽 소리에 찢어지는
어두운 바다의 고요

불꽃들이 허공의 홍싸리로 발광한다
흑싸리 그을음
흘러내린다

우리가 누구인지도 모르는 생애

헛되고 헛되며 헛되고 헛되니
모든 것이 헛되도다
솔로몬 왕이 그렇게 외쳐대도
헛소리의 메아리처럼 들릴 뿐
우리는 죽은 뒤에야
솔로몬 왕의 말을 이해하게 될 것이다

집먼지진드기를 살아보지 못한 사람에게
왜 살아야 하는지
묻는 것이
무슨 소용일까

죽은 살 껍질을
늙어 죽을 때까지 주워 먹는
진드기
희망이 비듬이고
죽음이 먼지인
집먼지진드기의 생애에 대해

헛되고 헛되며 헛되고 헛되니
모든 것이 헛되도다
그렇게 말해봐야
헛소리의 메아리처럼 들릴 뿐
죽은 뒤에야
집먼지진드기들은 이해하게 될 것이다

캥거루족

늘은 배주머니 밖으로 나가서도
긴 탯줄을 질질 끌고 다니는
한심한 세상의 자식을
다 늙어버린 에미가
한숨을 쉬며 바라본다

쥐코밥상 앞에 앉은 생쥐들처럼

기내에서 식사를 한다
난기류
쥐코밥상이 흔들린다
물컵이 흔들린다
물컵을 잡은 손이 흔들린다

우리는 광막한 허공을 떠내려가는 창백한 쌀알 한 톨
그 속의 벌레들이다
얼마나 파먹었는지
그래도 이 쌀알행성은 배설물과 쓰레기로 안 망할 거
다

쥐코밥상이 흔들린다
플라스틱 숟갈이 흔들린다
밥들을 입으로 가져간다
손들을 덜덜 떨면서

쥐코밥상 앞에 앉은 생쥐들처럼

황혼 이혼

늙은 부부가 이혼을 한다
이기심과 증오와 복수가 뭔지
뒤늦게 깨달았다는 듯이

외로운 달팽이들처럼
반쪽으로 부서진 아파트를 각자 짊어지고

며느리의 이름으로

며느리발톱은 치욕적인 이름이다
며느리밑씻개는 저주스런 이름이다

권력이 시어머니들에게 있었던 시절의 이름
며느리밥풀꽃
뭉개진 밥풀처럼
뭉개진 쥐똥처럼
부뚜막을 우울하게 기어가는 쥐며느리여

이제는 며느리라는 이름을 떼어버리고 살아가거라
그냥 발톱으로 풀로 벌레로
원한다면 그런 이름도 없이

중대가리풀의 괴로움

중을 미워하는 누군가가
풀에다
이런 민망한 이름을 붙여놓았다
하지만 중대가리풀은 이름에 관심이 없다

중대가리풀은 중들에게 관심이 없다
무슨 종 무슨 파
싸움에도
절에도
극락에도 해탈에도 아무런 관심이 없다

중대가리풀의 괴로움은
지나가던 사람이 오줌을 누는 것이다
염소들이 달려들어 자기를 씹는 것이다

꽃나무

나에게 잘 해주지 않는 사람은
나에게 열등감을 느끼고 있는 사람이다

꽃나무가 그걸 깨닫는 데
한생이 걸렸다

구석

1
달동네
독거노인은
면벽을 해도
제자 하나 찾아오지 않는다
연말이면 고작 연탄이 찾아올 뿐

2
구석기시대에도 왕따는 있었다
따돌림을 당하고
울면서
저녁의 먼 땅끝에서
혼자 똥을 눠야 하는 왕따
돌도끼로 땅에 낙서를 하며
밝아오는 개밥바라기를 쳐다보는 왕따
구석기시대에도 복수심은 있었다
돌도끼로 땅에 낙서를 하다
돌도끼를 쥐고 일어서는

3
왕따는 아니지만
내 마음 한구석에도
웅크리고 있는 꼬마가 있다
꼬막처럼 웅크리고
헛간의 판자 구멍으로
무시무시한 세상을 숨죽인 채 내다보던

꼬막

이제는 거대한 콘크리트로 뒤덮인 새만금

해 진다

꼬막

울음소리

마지막 코뿔소

코뿔이 뽑힌
코뿔소는
고깃덩어리에 불과하다

지구에 단 한 마리 남은
아프리카 북부 흰코뿔소
무장한 보디가드들에 둘러싸여
풀을 뜯는다

나이 44세
이 코뿔소 수컷이 죽으면
아프리카 북부 흰코뿔소는

끝이다

슬픈 진화

상아 없이 태어나
어린 코끼리는
아무 쓸모 없는 가죽나무처럼
걸어가야 한다

커다란 귀 너펄거리는 할머니 코끼리를 따라

밀렵꾼이 쥐새끼처럼 숨어 있는
아프리카
긴 가뭄 속으로

아무 쓸모 없는 가죽나무처럼
걸어가야 한다
상아 없이 태어나

두 접시에 나눌 수 없는 외로움

문어는
가슴이 없어

시를 쓰지 못한다

치과 의사가 세상에 없다

치과에 갈 때마다
내 해골 사진을 봐야 한다
해골이 양치질을 한다
충치를 뽑는다

치과를 나오면 가죽 얼굴이다
가죽 손 가죽 발 가죽 구두다

곰탕을 먹는다
후추를 뿌린다
해골이 곰탕 국물을 들이켠다
커피를 마신다

다시 치과에 간다
내 고통의 뿌리를 뽑으려고 애쓰던 분
그분이 나보다 먼저
세상에 없다
해골이 웃으면서 나를 내려다본다

아픈 개미가 있다

앞발로 이마를 짚고
뒷발로 배를 한참 문지르다
개미는 출근하기로 마음먹는다

만성피로 개미들의 긴 행렬 속에 아픈 개미가 있다

불가촉천민

그의 인생은
부조리 수업을 위한
노트가 아니다
메모 쪼가리가 아니다

그의 인생은
똥을 치우는 것이다
빨래하는 것이다
바위에 빨래를 패대기친다
물먹은 운명을 패대기친다

어린 바라문들이 아름다운 요가를 하는
새벽 갠지스 강가에서

그는
홀로

엽낭게의 사생활

모래에서 국물을 짜듯이 살아갑니다
턱밑까지 쌓이는
모래무덤을 보면서
일용할 모래즙을 마시며 살아갑니다

염병하네 염병하네
큰 도둑게들에게 욕도 못 하고
모래 한 알 던지지 못하면서

모래에서 국물을 짜듯이 살아갑니다
염병하네 염병하네
욕도 못 하고 살아갑니다

종이접기가 끝났다

종이학 접기
종이배 접기

저물녘
한 노인이
종이접기를 끝내고

종이무덤을 나르듯이
폐지 수북한 리어카를 끌고 간다

지중해 난민선

낮과 밤이 바뀐 밤이다
나는 글을 쓰고 있다
글에 매달려서
오늘도 표류하고 있다
고 쓰고 있다

브로커들이 지중해에 띄운 일회용 종이배들
파도에 기우뚱
지중해 난민선이 침몰한다

아무 생각도 나지 않는다
나는 익사한 소년이고
익사체를 해변으로 밀어버리는 지중해다

일곱 살 염전 노예

일곱 살 염전 노예는
사십 년을 염전에서 일하다가
늙어버렸다

그렇게 죽도록 부려먹었는데
큰 벌을 받은 사람이 없으니
판사는 망치로 허공을 때린 것이다
판사는 망치로 제 얼굴을 때린 것이다

일곱 살 염전 노예는
사십 년 바다절벽을 바라보다
늙어버렸다

일곱 살 염전 노예의 슬픔에 대해
나는 아무런 할 말이 없다
대법관의 망치에 대해서도 할 말이 없다

그저 바다절벽을 바라볼 뿐

다슬기해장국집에서

슬기가 없어서
큰 붕어가
수족관에 갇혀 있는 게 아니다

이제 지느러미는 수족관보다 너무나 크다

절간의 커다란 목어처럼
무력하기 짝이 없는 붕어를
강으로 안고 가지 못하고

몇 해째 나는 다슬기해장국만 먹고 있다

마침표

자살에 실패했다

자살에 실패해서 다시
사는 사람들이 있다
자살의 순간에도
몸뚱이는 살려고 발버둥 친다
자살의 실패는
몸뚱이의 승리다
나이키 운동화를 신고
빗속을 달린다
중력을 무찌르며
덩크슛을 한다
샤워를 한다

여울물에 찍은
마침표 하나가
아직도 바다에서 방황하는 중이다

도마

대파 써는 소리인가

도마 끝에 누워 있는 도미의 눈이
귀를 기울이는 듯하다

손을 잡지 않는 펭귄 공동체

공동체의 이기심도
있다고 본다

공동체의 이기심 속에
뿔뿔이 흩어져 있는 이기심도
있다고 본다

펭귄들의 포옹이
어색한 것은
팔이 짧고
배가 너무 나왔기 때문이다

세상도 팔이 짧고
배가 너무 나왔다
나도 그렇다

남극 눈보라 속에
손을 잡지 않는 펭귄 공동체가 있다

저마다 홀로 서는

펭귄 공동체

뿔뿔이 흩어진 채 모여 사는 펭귄 공동체

그 마을을 일찍 떠났어야 했다

내가 기억하는 것은
겨울날 분홍색 살얼음들과
시냇가에 우뚝 선 도살장이다
백정의 도끼눈이다
썩은 창자를 입에 물고
싸우던 여름날의 까마귀 떼다

그 마을을 일찍 떠났어야 했다
장마철이면 모랫둑이
뚝 끊어지던 마을
넘실거리던 흙탕물과
머리에 이고 나르던 책가방

아직도 내가 기억하는 것은
도살장으로 끌려 들어가던 황소
글썽거리던 큰 눈
그리고 그 눈물을 빨아 먹던
파리 떼

그로테스크한 동굴 속의 흰 지네

괴상한 터널 같은 음부와
주름투성이 질을 연상시키는
어두운 동굴 속으로 들어가자
축축한 석순에 붙어 있는 흰 지네가 보였다
램프를 가까이 들이대자
오래도록 눈이 멀어 창백한 왕처럼
사생활을 더 이상 침해받고 싶지 않다는 듯
지네는
수백만 년의 고요를 거느린 컴컴한 동굴 안으로
몸을 감추면서
사라져갔다

III

복면가왕

나는 상상해본다
가죽가면을 벗어 던지고
노래하는 왕의 해골들을

브라보
브라바
브라비

기립 박수 소리 요란하게 들린다

사막의 목소리

사막에서 돌아와서
나는 가위에 눌리게 되었다
가위에 눌리자 모래가 흘러나왔다

모래 모래
모래들

사막에서 돌아와서
나는 사막의 목소리를 듣게 되었다
내 안에서 사막의 목소리가 흘러나왔다

나는 모래가 아니지만
너는 모래다

사막의 목소리는 늑대털 바람 속에서
모래의 문체로 흘러간다

너는 모래다
모래들이 나다

나는 나다
타클라마칸이 나다

누란樓蘭 왕국

양파 껍질을 벗기면서
눈물을 흘리는 것은
살가죽이 아직 마르지 않았다는 증거

죽은 왕의 텅 빈 눈두덩 뼈에
양파를 올려놓아도
왕은 눈물을 흘리지 않는다

양파 껍질을 벗기면서
코를 훌쩍이는 것은
혈관이 아직 마르지 않았다는 증거

죽은 왕비의 무너진 코에
양파를 올려놓아도
왕비는 재채기를 하지 않는다

양파 껍질을 벗기면서
아직도 무슨 생각을 한다는 것은
뇌수가 아직 마르지 않았다는 증거

죽은 공주의 손가락뼈에

양파를 쥐여 줘도

공주는 사막의 오아시스 왕국을

기억하지 못한다

확실한 것은 없다

노자는 태어나기 전에 노인이었고
한 살 때 이미 백발이었다

귀가 사막여우처럼 컸다

석가의 스승이었다

서역의 도서관장을 하다가
어느 날 사막으로 홀연히 사라졌는데
아직도 어딘가에 은거하고 있다

얼굴은 누구도 알 수 없는데
사막에 뜨는 초승달이 그의 흰 눈썹이다

허공을 걸어 다니는 구두

신발장 맨 꼭대기에서
처음 보는 구두를 발견한다

세상에 발자국을 남기지 않은 구두
구두코의 뾰족함을 그대로 유지한 채
짓밟히지도 너절해지지도 않은
구두

내 생각의 구름들을 밟고 다닌 구두

이 구두를
나는
허공을 걸어 다니는 구두라고 불러본다

하루로 가는 길

하루로 가는 길은
하루를 지나야 하는 법
어제에서 오늘로 오기까지
나는 스물네 시간을 살아야 했다
1분만 안 살아도 끝장나는 인생

하루로 가는 길은
낮과 밤을 지나야 하는 법
어제에서 오늘로 오기까지
나는 먼지들을 거쳐야 했다
황막한 밤
오늘의 갈증이 내일은 해소되리라 믿으면서
참아낸 하루
또 하루
하지만 물냄새에 코를 벌름거리는 낙타처럼
오늘의 짐을 내일 다시 짊어져야 한다

하루로 가는 길에서는
희망을 잃지 말아야 하는 법

하루에 완성되는 인생도 없지만
모든 하루를 죽음이 갈무리하니
걸음을 멈추지 말아야 한다

뼈의 지도를 따라
하루의 사막을 가로지른다

이를 악물고 달리는 노인

바람 부는 날 탄천에서
이를 악물고 달리는 노인을 본다
가느다란 다리
앙상한 팔 끝에 불끈 쥔 주먹

바람을 가르며 노인이 달린다
이마의 땀을 주먹으로 훔치고
가느다란 발로 땅을 차면서

노인은
먼 길을 걸어오고
먼 길을 달려온 사람이다
태양의 주위를 팔십 바퀴쯤 돌아왔는지
알 수 없으나
그 아득히 먼 길 끝에 소실점처럼
아주 조그만 미라처럼
꼬마가 서 있다

먼 길 위에서의 기억들

길 위에서 흩어지는 이삭 같은 기억들
노인이 다시 달린다
이마의 땀을 주먹으로 훔치고
가느다란 발로 땅을 차면서

걸어도 발자국은 없는 것

지하철 노선도를 보고 있다
역들이 사막의 징검돌처럼
띄엄띄엄 놓여 있는
지하철 3호선 노선도

지도 밖으로 걸어 나와서
대동여지도의 산하대지를 들여다보는
고산자古山子
마음은 길 없는 길을 걷고
들 없는 들길을 걸었으니
걸어도 발자국은 없는 것

지하철 3호선 노선도를 보고 있다
띄엄띄엄 놓여 있는
역 이름들
도곡 매봉 잠원 신사 충무로
잠원에는 누에가 없고 신사에는 모래가 없다

오후 세 시까지는

왕 없는 경복궁역에 도착할 것

로봇걸음을 걷다

황소걸음에 범눈
걸음걸이 시원시원한 노스님도
회전문 속으로 들어가면
로봇 걸음걸이

조심조심
로봇걸음을 걷다
회전문 밖으로 튀어 나간다

저녁
범종 소리
지리산을 삼키는

이백의 백발

내가 쓴 시를 내가 읽다가
소스라친다
악몽에서 깨어난 이백처럼
백지에 내려오는 백발들을 보면서

흰긴수염고래의 노래

늙은 새우처럼 누워서
칠레의 긴 해안선을 그려본다

해안에 모로 누워서
저무는 수평선을 바라보는
늙은 새우를 떠올려본다

새우잠을 자면서도
고래 꿈을 꾸는 새우들
자고 나면
수염이 길어지는 새우들

자고 나면 흰 수염이 늘어나는 나는
언제쯤 흰긴수염고래가 되어
흰긴수염고래의 노래를 부르게 될까

쥐라기 해안

운 좋은 그 영국 청년은
쥐라기 해안으로 굴러떨어진
2억 년 된 암모나이트 화석 덩어리를 발견한다

운이 별로 없는 나는
고작 소라 껍데기를 식탁에 놓아두고
바다를 그리워한다

노래가 되지 못한 노래기

라흐마니노프 씨는
노래기를 모를지도 모른다
노래미와 다른 노래기
노래미는 발이 없다
발 없이 헤엄쳐 다니는 노래미
횟감으로 잘 알려진 노래미

노래기는 고생대 석탄기에도 돌아다녔다
길이가 어마어마하게 긴 노래기는
이루 헤아릴 수 없이 많은 발들을 움직이면서
거대한 양치식물 숲속의 이끼들 위를
자유자재로 걸어 다닌 것이다
노래기는 왜 바다로 돌아가지 않았을까
그 대답이 화석이 된
노래기 발자국에 있을지도 모르겠다

라흐마니노프 씨의 오선지에 출렁이는 음표들처럼
발이 흘러가는 노래기
4억 년이 넘도록 노래가 되지 못한 노래기

라흐마니노프 씨의 오선지 위를
어마어마하게 긴 노래기가 기어간다
검은 석탄을 적재한 무개화차의 수많은 바퀴들이
태백선 철길을 굴러간다

미세먼지 주의보

서울에는 사막이 없다
황사 마스크를 쓴 낙타들처럼
사람들이 좀 무서운 모습으로 걸어 다닌다

공허는 얼마나 미세한가
틈만 나면 내 안으로 흘러든다
타클라마칸 사막의 흙먼지들이
낙타 해골의 구멍들과 틈새로 흘러들듯이

공허는 그렇다
흘러들어 뼈들과 속삭인다
뼈들은 부서지지 않고 오래도록 남을 것이다
모래로 부서지지 않는
돌
돌들의 절벽처럼
돌들의 사원처럼
뼈들은 잘 무너지지 않을 것이다

거리에 붐비는 미세먼지들

사막에서 날아오는 뼛가루들

뿌옇게

해

진다

돌들의 시간

광개토대왕비의
고독에 대해서는
아무 말도 하지 않으려 한다
비문이 다 지워지면
비는
돌로
돌아갈 것이다

돌미륵의
슬픔에 대해서도
아무 말도 하지 않으려 한다
이목구비가 다 뭉개지면
돌미륵은
돌로
돌아갈 것이다

부도비를 짊어진 돌거북
절벽 아래 바다를 내려다본다
바다가 증발하면

부도비도
돌거북도
돌의 골짜기로 돌아갈 것이다

죽은 시간의 악령

뒤돌아보는 순간 그 여인은
소금기둥으로 변한다

뒤돌아보는 순간
거대한 거머리가 떨어지면서
산산조각
나는 미라로 부서진다

꼬리 없는 시간

우리는 꼬리 없는 시간을 끌고 다닌다

애교를 떨던
애완용 비단뱀이
주인을 목 졸라 죽여버리고

동물원으로 끌려간다
거기
누군가 벗어놓은 허물이 있다
머리도 꼬리도 없는
텅 빈 허물

허물을 들여다보는 밤이다

꼬리 없는 시간의 머리가
보이지 않는다

흐린 날의 장례식

1
빈소를 지키던 꽃들
밤샘과 눈물에 시들어
핼쑥하다
장례는 끝났다
누군가 시든 꽃들을 안고 간다

흰 국화
조화 폐기소에
잠들다

2
들국화 피어 있는 가을
상복 입은 상제나비들이
꽃상여 따라 들길을 간다

가을은
가도 가도 들길이다

3
화구에
불 들어간다

아직 녹지 않은 눈사람들이
굴뚝 연기 보며 울고 있다

4
한 주검을
둘러싼 까마귀들의 검은 머리가
침묵으로 숙여져 있다

귀머거리 마이산

마이산
귀가 빨갛게 물들었다

한해살이풀의 가을
풀들이 미라처럼 시들어간다

한해살이풀은 겨울이 없다
한해살이풀은 겨울이 없다

귀머거리 마이산
마이산의 두 귀를 뽑아버린다

부도밭

고요
속으로
들어가서
다시는
나오지 않는
게으른 늙은이들

어린 중이 콧노래를 부르며
부도밭 앞을 뛰어간다

절대로 변하지 않는 것

가지도 않고 오지도 않는 것
절대로 변하지 않는 것
에 대해

이제는 더 이상 생각하지 않기로 했다

우리는 이름 뒤로 사라진다

　　봄처녀하루살이…… 봄총각하루살이…… 작은강하
루살이…… 미리내하루살이…… 한라하루살이…… 백
두하루살이…… 범꼬리하루살이…… 쇠꼬리하루살
이…… 표범하루살이…… 애호랑하루살이…… 알락하
루살이…… 알통하루살이…… 뿔하루살이…… 방패하
루살이…… 콩알하루살이…… 개똥하루살이…… 길쭉
하루살이…… 삼지창하루살이…… 긴꼬리하루살이……
부채하루살이…… 긴부채하루살이…… 빗자루하루살
이…… 몽땅하루살이…… 굴뚝하루살이…… 입술하루
살이…… 해님하루살이…… 나도꼬마하루살이……

황산벌에서

나는 계백이 아니다

흑치상지도 아니다

백제의 마지막

의자왕도 아니다

나는 큰 인물이 아니다

나는 아무것도 아니다

백제를 데려간 바람 속에서

저무는 황산벌을 바라본다

우두커니

바람의 노트

나는 바람에게 아무것도
바라지 않기로 했다

바람이 나에게 바라는 게 없는데
내가 바람에게 무엇을 바라겠는가

바람의 노트 한 페이지가
바람에 넘어간다

버마 비단뱀 가죽 가방

버마 비단뱀 가죽 가방 속에는
버마의 늪냄새가 있다

버마 비단뱀 가죽 가방 속에는
버마의 햇빛과 달빛이 있다

버마 비단뱀 가죽 가방 속에서
버마의 해 질 녘들과
일렁거리던 금물 무늬들이 사라진다

텅 빈 버마 비단뱀 가죽 가방
비단뱀의 눈으로 들여다본다 해도
아무것도 없다

비누

때들이
자기를 쓰면서
거품을 일으켜도
무심한
비누

성인도 비누다
노자도 비누
장자도 비누

세면대의 비누는
글 쓰는 손의
더러움을
씻어준다

글은 때가 아니다
글은 거품이 일지 않는다
글은 비누를 쓸 일이 없다

분화구

한때의 상기로
내 이마에는 분화구가 있다
조용한 분화구
아무 일도 일어나지 않는

휴화산들
활화산들

백두산에는 분화구가 있다
하늘빛 천지
갑자기 시커먼 화산재가 하늘을 뒤덮는다
고구려를 뒤덮는다
발해를 뒤덮는다
내 마음의 벌판을 뒤덮는다

검은 재를 안고 누워 있던 마음의 그믐밤들
질화로의 식은 재를
쏟아버리던 밤들

재냄새

머리카락 타는 냄새

불 뿜는 화구 속에서 식어가는 뼈

내 이마의 분화구에서 쏟아져 나오는 말들의 재

별들을 풀어줄 때

이제는 그물자리 별들을
그물에서 풀어주자

물병자리 별들도
물병에서 꺼내줄 때가 되었다

테이블자리 별들이
테이블에 남아 있을 필요가 있을까

컵자리 별들을
컵에서 쏟을 때가 되었다

이제는 천칭자리 별들도
천칭에서 내려놓자

거문고자리 별들도
줄을 떠날 때가 되었다

밤의 수족관 바닥에서

넙치는 아직도 두 눈을 뜨고 있다
단 두 개의 별로 된 별자리처럼

붕鵬새의 새장

추운 날

자라 한 마리
머리를 감추고
바위에 엎드려 있다

온 우주가 겨울이다

흰올빼미의 본능

북극이 붕괴되었다

북극 한파가 대도시를 덮친다
수도관이 얼어 터진다
거대한 고드름
눈썹털을 때리는 눈보라
내 안에 잠들어 있던 흰올빼미의 본능이 살아난다

툰드라

빙하기 동굴의 크로마뇽인이
설원에서 울부짖는
배고픈 매머드를 사냥하러 나간다

추우니까 산다